문학과지성 시인선 328

백 년 동안 내리는 눈

문충성 시집

문학과지성사

문학과지성사에서 펴낸 문충성의 시집

濟州바다(1978)
섬에서 부른 마지막 노래(1981)
내 손금에서 자라나는 무지개(1986)
떠나도 떠날 곳 없는 시대에(1988)
방아깨비의 꿈(1990)
설문대할망(1993)
바닷가에서 보낸 한 철(1997)
허공(2001)

문학과지성 시인선 328
백 년 동안 내리는 눈

펴낸날 / 2007년 1월 19일

지은이 / 문충성
펴낸이 / 채호기
펴낸곳 / ㈜문학과지성사
등록번호 / 제10-918호(1993. 12. 16)

서울 마포구 서교동 395-2(121-840)
편집 / 전화 338)7224~5 팩스 323)4180
영업 / 전화 338)7222~3 팩스 338)7221
홈페이지 / www.moonji.com

ISBN 978-89-320-1749-2

문학과지성 시인선 328

백 년 동안 내리는 눈

문충성

2007

시인의 말

지는 해를 바라다보며 내일을 생각한다.
어차피, 인간관계는 홀로가 아니면,
함께하는 끼리끼리의 이해관계에 지나지 않는다.
우리는 여기서 벗어나보려고 하지만
소용없음을 깨닫는다.
과거가 아니라 미래에 집착해봐야
말라르메가 만났던 허무나 만나게 된다. 고독하다.
백 년 후엔 한글이 없어져 있을 것이라는
기사를 읽은 적이 있다.
영원히 살 것같이 아옹다옹 헛된 독자 키우기에,
무슨 상 받아먹기 등에 기 쓰지 말자.
이미 위대한 나는 죽었다.
바라건대 '없음'에 기여하기를 바랄 뿐이다.

2006년 정월 빈 겨울날에
문충성

백 년 동안 내리는 눈

차례

녹슨 내 귀는

바다 물결 소리
그리워하는
콕토의 조개껍질
아니다

바늘귀
천고의 업보 꿰고
헤진 세상 깁는
손길이나 어정어정
뒤따라 다니다
녹슨 내 귀는

가련한 귀여, 아주
어두워져 이젠
돈
소리조차
분별 못한다

올챙이의 꿈

개구리가 싫어
개구리는 되지 않을래
새가 되고 싶어 저 파란 하늘
훨훨 날아다니는 새라면
찌르레기든 곤줄박이든
상관없어 그렇지
송골매가 된다면 겁 없다
저 파란 하늘 날아다닐 테야 훨훨
구름도 만나고 신이 날 거야 달도 만나고
신화 새로 지어내며
보랏빛 바람 만나 생성과 소멸의 꿈 뒤적이며
노래 부르며 새로 꿈꾸는 별들 만나
푸른 산
푸른 들
날아다니며 마음껏 꽃나무들
꽃 피는 무지개로 만나고
이름 모르는 들꽃들도 만나 즐겁게 나비들
숨바꼭질하며 놀고 싶어 그러다

어느 새벽
시뻘건 해가 날아오를 때 푸드덕 나도
힘차게 날아올라 두 날개 부러질 때까지
빛나는 길 목숨 속에 만들며
매혹의 끝 찾아
그 끝까지 날아가
그 끝에서 새하얀 우레 모아
낡아빠진 하늘 깨기 놀이하며
우레와 놀다
날아감이 끝날 때
허공 깊숙이
한줄기 금빛 노래로
짜부라져가고 싶어 그러나
꼬리 떨어져 나가고
왕방울 눈망울 생겨나고
물갈퀴 네 발 돋아나
시방 개구리가 되어가느니
아아, 새가 되고 싶어
새가

눈물 속을 빠져나오자

눈물 속을 빠져나오자
캥캥 마른바람 불고
꽃들은 붙여준 이름대로 피고 지지 않는다
아, 앞을 내다보면 앞으로
살아가야 할 날들 보이지 않는다
비가 내려도 오늘도
세상은 눈부시다
박찬호 선수가 시즌 5승에 성공
한국 축구팀 유고와 또 0대0 무승부
유고 팀이 세계 11위니 우리도 세계 11위
주가는 바닥을 기어다니다 '현대 쇼크'에서 벗어나
35포인트나 껑충 상승 속 악몽은 끝났다
국토 정책 '주택'에서 '환경'으로 바뀐단다
1인 세금 연 200만 원 첫 돌파
평양교예단 서울 공연은 잠실체육관에서 한창인데
농지 6억 평 매워 140만 평 김해 황금 들판 사라졌다
인천국제공항을 김구공항이라 바꿔 이름 짓는다
해도

경마장 가는 길은 미나리 밭 밀어 덮은 길
하루에 일곱 번 변하는 모토로라 탄생
컴퓨터가 움직인다
최승희의 생생한 보살 춤
사랑 나누면 자라나는 희망
600만 지하철 승객에 심은 사랑
인사동은 지금 '먼지-소음의 거리'
공인중개사 자격증 인기!
16대 국회의원·가족 병역 공개
롯데백화점 고객 감사 대축제
주한미군 시설 석면 오염
처방전 없이 위장·기침약 못 산다
'가슴 크네' 음흉한 눈빛
교수·의사가 조교·환자 성폭행
밀렵 동물 사 먹어도 형사처벌
찾았다 내가 살 아파트
무조건 3,000원! 구김 안 가는 고급 면바지 줄줄
비는 내리는데

— 2000. 5. 31

母音

아무렇지도 않은 것

세계와 나와의 관계 그러나

인연은 참으로 질긴 것이구나

아무래도 부처가 될 수 없다

이 땅이 극락인 걸

夢遊

그대 그리움으로 애타 죽을망정
아무하고나 손잡지 않겠다
천지
홀로
떠돌지라도
무식한 택시는
걸어서 가더라도
공짜로 태워준대도 타지 않겠다 나는
지나는 길에서
만나는 엉터리들
아무도 알지 못해도
허리 굽혀 아무하고나 인사하지 않으마
하루 한 끼 먹다 죽을망정
상놈 문전 기웃대지 않을지니
사랑하는 그대여
떠도는 나를 실컷
비웃어라!

上京

1

제주 섬을 저승으로 날려버릴 듯 불던
미친바람 홀로 저승 갔다
허리 꺾일 듯 흔들리던 대나무들
꼿꼿하게 서서 묵묵히
겨울 햇살 받으며 명상에 잠겨 있다
깨끗이 빤 와이셔츠 입고
반듯이 넥타이 매고
양복 골라 입고
구두 닦아 신고, 나
오늘 서울 간다
무뚝뚝한 택시 타고
건방진 비행기 타고
두 눈 부릅뜬 서울로 간다
팔도 사람 모여 사는 서울
아는 사람 서른이나 될까 그러나
생각만 해도 그리운 사람들

그중 몇 사람 만나러, 나
오늘
서울 간다
팔도 사람들 천만 명도 더 산다지만

2

무슨 일을 하든지 안 하든지
서울 살아야
뺑소니차에 치어 죽어도
서울서는 공짜로
신문과 방송에
기사화되어
부르주아 땅 한 귀퉁이
하루 역사 창조하느니
사람대접 받느니

종로1가 혹은 광화문 근처

정말로
종 치러 가는 길이었을까
처음 만난 영하 추위
꽁꽁 얼어붙은 길
위를 걸을 수 없었다
구세군들 사랑의 종소리
길가에 어지러이 흩어지고 딸랑딸랑
미끄럼 타기였다 눈 내리는 날
전차에서 내리면서부터
무수히 미끄러지는 길
위로 자유당 독재 정권
눈은 내리고 펄펄
눈은 내리고 아무 죄 없어도
선글라스 쓴 남자만 보면 겁부터 났다
어딜 가나
눈 감으면
코 베어 가는
서울

명동 깡패들은 겁나지 않았다
고전음악실 '르네상스' 찾아가다
꽁꽁 얼어붙은 빙판 길
위에 벌렁 나자빠졌다
지나가던 서울 아가씨들
날씬한 웃음소리 깔깔깔
종소리처럼 은은히
들려오는 종로1가 혹은
광화문 근처
아, 얼마나 부끄러웠나
유행 따라
구두 굽에 박은 쇠로 만든 징
떼어내면 되는 걸
어째서 몰랐을까 시시하게
국밥 한 그릇으로 시래기
하루 팔던 1950년대 말
퍼얼펄 지금도 눈은 내리고 있는가

괭이밥 宴歌

굶어보지 않은 사람은 모른다
괭이밥은 괭이가 먹는 밥이라 말한다
아니다, 괭이밥은 들길에 무시로
살고 있다, 4·3사태로
6·25전쟁으로 살아남기
하나 위해
하늘까지 팔던 시절
봄날
들길에서 연보랏빛
눈물 꽃 피우는 시간 속에 있다
무시로 자란 들풀들 아무것이나
먹을 수 있는 새순들 뜯어다 우리는
솥 섶 불 지피고 삶아내어
된장 버무려 먹곤 했지 밥으로
불쌍한 괭이밥아
불쌍한 우리야, 굶주림 속에서
모두
무섭게 살아남았다

괭이밥은 괭이밥으로, 우리는 우리로
4월부터 피기 시작하는
노랑 꽃잎에 배고파
날아들던 흰나비들아!
뜻도 모르는
좌 · 우익 이데올로기에
안 걸리고, 그래
맞아 죽지 않고
어떻게 살아남았느냐!
무서움 잊으려 깜박깜박
눈 감으며 날아간다
꽃이나 피워내는
괭이밥 향해 하늘이 노랗게

空空

어린 날부터 궁금한 게 있었다
저 높은 산꼭대기에는 뭐가 있을까
이 추운 세상보다 해에 더 가까워지면
얼마나 따사로울까

다녀온 사람 있어 내게 말했다
멍텅구리야, 산꼭대기에는 아무것도 없어
산꼭대기가 여기보다 더 추워, 멍텅구리야!

그러나 알고 싶었다 나는
자라서
저 높은 산꼭대기에 올랐다
아아!
空空!
이 추운 세상보다 더 추운 하늘이 있었다!

요즘은 뭐가 있을까
국제자유도시

투기꾼들

알고 싶은 게

궁금한 게

아무것도

空空!

나의 죽음도

녹나무 그늘

제주시
중앙로
옛 신성학원
뜰 안
여러 그루
다 사라지다
옛이야기
댕기만치
하나
남아
녹나무
그늘
구겨진
우리
젊은 날과 함께
사위어
들고
댕기만치

옛이야기

하나

여름 소나기

와 자자
여름 소나기
하늘
저쪽에서
달려온다 맨발로
달려간다 숨 가삐
하늘
저쪽으로
와 자자

이윽고
낡아빠진 무지개
하나
걸어놓는다
뻐꾸기
울음
사라져가는
저쪽

하늘 한 귀퉁이에

실잠자리
메밀잠자리
남수각
시냇가
새까맣게 타는
여름 아이들
이마
환하게

사금파리 속 도채비 나라엔

사금파리 속 도채비 나라엔 도채비들이 살고
그 도채비 나라엔 내 유년이 살고

제삿날 심부름하다 깬 유리그릇
이튿날
내다 버리려면 겁에 질려
도채비 나라에 갔네
마을 쓰레기들 쌓아놓은 그 위로
깨진 유리그릇 내던지고
걸음아, 날 살려라!
단숨에 집까지 달려왔네

때로 도채비 놀이하며
달 진 밤 신나게 놀았네
길가에서 동네 아이들과
개똥벌레 잡으며
도채비 이야기하며

이웃 동네 어떤 할아버지
도채비에게 홀려
죽을 뻔하다 살아났다고
결국 죽었지만 도채비 만나면
돌멩이 주어 돌가루 만들라고
돌가루 뿌리면 도채비는 꼼짝 못한다고

겁났지만 몹시 궁금했네
어떻게 도채비 나라에 갈 수 없을까
어두운 밤 마을 쓰레기장엘 찾아가고
사금파리 속 도채비 나라 기웃거리다
할아버지에게 들켜 욕만 먹었네
너 이 녀석, 도채비 될래! 그러나
한 번도 만나지 못했네, 도채비여! 도채비여!
어디 있니? 너도 영어 모자라 이민 갔니?
미국으로, 아니면 호주로? 나의 유년도?

사금파리 속 도채비 나라엔 도채비들이 살고
그 도채비 나라엔 나의 유년이 살고

겨울 강가에서

처음엔 그저 흘러가는 줄로만 알았다
강을 향해 돌팔매질하면
돌멩이는 그저 팔매질로 날아가
퐁당퐁당
슬픔의 강물 속으로
낡아빠진 숨바꼭질했다
그래
나에게서 얼마나 멀리 날아갔니?
그 손때 묻은 그리움들아!
강물 속
그 뒤
한 번도 찾아 본 적 없느니
다 저무는 날
하얗게 서서 깊숙이
강물은 내밀하게 흐른다지만 이미
흐르기 잊어버린 강물을 바라보느니
내 손때 묻은 그리움들이여
망각의 강물 속

기억의 어디쯤에서
꽁꽁 얼어 바스러지며
죽음의 깊이 재고 있니?
눈보라
점점 거세게 불어오는데

醉遊

가는 사람
오는 사람
보이데 흔들흔들
길 잃은
길 찾는
사람들
보이데 모두
같은 세월 속에
이상한 일이지
그래
정처란 원래
있는 게 아니리
정처 찾는 일이란
허무, RIEN!
그래
보이데
떠돌이
하나

쐐기풀

맨발 검정 고무신
자꾸 벗겨졌다 미쳐나게
들찔레
하얀 꽃향기
푸른 들판 더 푸르게
동네 아이들
말똥가리 매가 나는 하늘
새까맣게
저물어들고 나는
호주머니
가득
뽑은 삘기들
시드는 줄도 몰랐다 파랗게
나를 괴롭히던 쐐기풀
아랫도리가 칼로 에는 듯 아파온다
어둠으로 풀리는 외로움
검정 고무신은 자꾸 벗겨지고

봄눈

산골짜기
눈 녹는 소리
사이로
산천초목
늦겨울 잠 깨우는
봄눈
풀풀
내린다 봄이다! 봄이야!
성급하게
꽃대 내밀던
춘란
잔등때기
살포시
휘어지는 소리
사이로
노랗게
파들파들
봄 나비들

날갯짓
사이로
떨어지는 두어 점
동박새*
새빨간 울음
사이사이로
새하얗게
시뻘건 돔박고장** 우에로

* 동박새의 제주 토박이말.
** 동백꽃의 제주 토박이말.

巡禮

정처 찾아 떠났다
아직 정처 그림자조차
안 보인다 몇 번
길
잘못 찾아
헤매다 이제
그 길도 지워버렸다
천 년 팽나무
그늘에 들어
절룩여온
검보랏빛 깔고 앉아
아픈 다리
뻗고
쉬는
저물녘
발등 서늘해
바라보니
용왕의 길 찾는

능구렁이

하나

슬슬 기어가고 누렇게

놀라움이여!

전생

전생엔 집 짓는
이름 없는 개미 새끼였을까
항시
달콤한 잠
잠들 수 없는 집에
살고 있는 것일까
목수였을까 전생에
집 몇 채 집 팔아먹었고
집 몇 채 집 지었고
집 몇 채 집 헐어버렸다
빛나는 삶 누일 집은 지을 수 없는 것일까
짓고 나면 에이, 이렇게
지을 것을, 후회뿐이라고 말한다
아무리 그렇다 해도
밤마다
하얗게
죽음의 집 짓고 있는 것일까 영영 꿈속에서
깨어날 수 없는 잠 평화롭게

잠들 수 있는 집 한 채
목수였을까
전생에
나는

이 겨울에 우리가 산다는 것은

오늘도
번데기 세상 못 벗어난다고 우리는
말한다 그것이
무슨 역사가 되고 젊은 날부터 꿈꿔온
사랑이 될 수 있느냐고
지나가는 사람들이 말한다
밥이나 먹고
잠이나 자고
사는 것이냐고 웃는다 그것이
에이펙이나 유치하면 선진국이 되고
굶주리지 않고
굶주린 이들
죽지 않겠냐고 경찰과 맞서
농민들 쌀 개방 반대 데모하러
국회로 가고 있다
참으로 알 수 없는 세상
망해버린 인문학 그
망각 속으로

잦아드는

그

림

자

한

잎

아득하다

낮은 목소리로

나 돌아간다
나 돌아간다
썩어가는 도시
저기
두고
나
돌
아
간다

낮도깨비들 설치는
세상아
아, 아름다웠구나

이제
나도
낮도깨비 되어
시시하게

나

돌아간다

나 돌아간다

오뉴월

개

꿈

꾸

며

더 낮은 목소리로

꽃 보며 꽃이야 말한다
새 보며 새야 말한다

피워낼 꽃도 없고
날아갈 하늘 없어

꽃 보면 부끄러워진다
새 보면 치욕에 떨린다

꽃 보며 새야 말한다
새 보며 꽃이야 말한다

오십이 지나서야 겨우 알았다
꽃과 새를

가장 낮은 목소리로

1

안녕!
인사하면 하루는 어디에 있습니까
오늘도 세 끼
밥 먹고
밥 속에서 잠자고
아무 일도 없었습니까
하루가 갑니까 어디로
안녕!

2

우리가 아리랑 고개 넘어가며
불렀던 아리랑이 죽어가고 있습니까
우리 눈물이었다, 아리랑은
우리 한숨이었다, 말들 하지만

나를 버리고 간 임 없으니
십 리도 못 가서 발병 날 임도 없고
십 리까지 걸어갈 임도 없습니까
오늘도 머리 위엔 파란 하늘이 있고
잔별도 많지만 우리가 꿈꿔온
별은 어디에 있습니까
어느 시대
초가든 기와집이든
감옥 같은 콘크리트 집이든
하루살이
하루 한 번 뒷간 가듯
따라붙어 떨어질 줄 모르는
근심은 우리 가슴 어디에 있습니까
별 뜨는 하늘에
아니면 별똥별 지는 땅속에
아니면 한 방울
눈물 속에나 있습니까

메밀묵을 먹으며

매미꽃
붓꽃
원추리 꽃
부질없는 일들
꽃 피워내는
동학사 근처
하얀 물 곶 소리 흘러가는데 쉼 없이
목탁 소리도 들려오지 않는 곳
층층나무들 하얗게
푸른 계단 쌓아 햇볕까지
가린 길에
잡된 인적들
정적들 뒤섞어놔
천 년 침묵 깨고
부엉이 소리 한 잎 들리지 않는
오월 오후
배고픈 중생
사이에서 메밀묵 먹으며
고픈 배나 채우고

저녁의 노래

사라오름〔紗羅峰〕 비껴 바다로 떨어지는 해나 보여주십시오
그 아래

하찮은 풀꽃 같은 내 삶 하찮은 물결 소리 하나로 스러지게 하십시오
그 위에

꽃피는 구름 한 점 걸어놓고 흘러가야 될 정처를 묻지 마십시오
새들도 모두 바람 불어가듯 알지 못할 곳으로 날아가게 하십시오

아니
이 세상
모든 것들
가고
오지 않게

하십시오 마침내

나 하얗게
비어
어둑어둑
눈감게 하십시오

카드 한 장으로

이 세상에서 살아가려면 돈이
있어야 된다 돈이
없으면 죽은 목숨이라고 한다 요즘
가만가만 살펴보니
돈이 아니라 카드로 사고팔고
하는 것을 만났다 어린애 손바닥만 한
카드 한 장으로
집도 사고
밥도 사고
술도 사고
사내들 계집도 사고 계집도
때로 사내도 사고
정자도 사고
난자도 사고
십자가에 못 박힌 예수도 사고
못 살 게 없다
잠시 우리나라 돈을 보자
십 원짜리 다보탑

위대하게 빛나는 다보탑이여
황금색으로 태어나지만 녹슬고 나면
유치원 다니는 애들
길 위에서
운동화 발길질에
걷어챈다
오십 원짜리 벼 이삭
농사짓는 이들 밥이 되지 못하고 눈물과
분노가 되어 밭에서
불에 태워지거나 광장에 모아놓아
산더미처럼 요즘은
불 질러버리겠다 데모하게 한다
백 원짜리 세종대왕이여
버스나 전철 한 번 탈 수도 없는 백 원짜리
뉘 있어 세종대왕을 존경하랴!
기러기만도 못한 값어치에 새까맣게 때가 끼어
손에 쥐고 싶지도 않은 백 원짜리
종이돈을 보자

이퇴계 천 원짜리
이율곡 오천 원짜리
세종대왕 만 원짜리
역시 종이로 만들어야
세종대왕은 세종대왕이구나!
구겨지고
찢어지고
온갖 더러운 세상 냄새
다 풍기고 있다 그러나
때가 되면 사과 상자 속에 담겨져
정치 놀이에 쓰인다
자유도
평등도
박애도
권력도
꿈도
아무것이나
더러운 냄새 속에서 더럽게

이 냄새를 모아야 산다
그러나 냄새로 우리는 살지 않는다
어린애 손바닥만 한
카드 한 장으로 산다
마이너스카드 한 장으로

飛翔

풀 메뚜기 떼 하늘 가득 날아오르는 날
날아간다, 훨훨, 아 아! 이렇게
몸이 가벼울 수가
배도 고프지 않다
아주 높이 높게 날아간다
턱턱 숨 막히는 자동차들
말하는 개새끼들
돈이 필요 없다
한 푼짜리
구름 두어 점 아주 멀리
멀리 흘러간다 사람 사는
세상들 아물아물
보이지 않는다 얼마나
오랫동안 날아가고 있는가
하늘 끝이
안 보인다
여기가 어디지?
아, 떨어져간다, 나는

끝없는
낭떠러지

살아 있는 묘지에서

밤이 아닌데도 유령들
묘지에서 걸어나온다 어정어정
돈 벌러
돈 쓰러
부지런히
자가용 몰고
버스 타고 구조조정
전철 타고 데모하며
몰상식한 택시 타고
자전거 등에 앉아 비틀비틀
걸어서 간다 유령들이
사는 묘지엔
새가 날지 못하지만
꽃도 짖지 않지만
컴퓨터들 꽃피어난다
유행가들 흘러다닌다
국산 개들도 제법
외국어로 노래 부른다

전깃불 환한 길들이
묘지로 걸어간다 뒤뚱뒤뚱
병든 개 기어가듯

눈꽃

눈이 꽃을 피우다니
세상이
꽁꽁
얼어붙어
죽어가고 있을 때
눈 내린다 세상이
추운 것은 사람들이
꽃을 피워내지 않기 때문이다
눈 내린다 앙상하게
빈 가지들
봄날 꿈꾸어도
어림없다 아직은
눈 내린다 빈 가지들
살려낸다
꽃들 피워낸다
꽃나무들 기죽어 가만히
서 있다. 보아라. 눈꽃 세상
죽어가는 세상 살려내는

저 정교한 손길들 새하얀
와아, 얼굴 없는 환호 소리들

그런데

빈 그림자 하나
평생
끌고 다니다 보니
이제
다 누더기 되었네

눈도
코도
입도
귀도
없는

그 누더기
요즘은 하나,
둘, 셋, 넷 아니지
다섯이 되기도 하네
열이 되기도
빈 그림자 하나가

국제화 시대니까?

그런데

신영의 방에 누우면

신영의 방에 누우면 천장에서
별들이 쏟아져 내린다
빛난다, 반짝인다, 노래한다
열지 않아도
동쪽 창문으로
일산
신도시
주엽동
하늘
아래
사람들
잿빛
물결
깊은 명상 끝에 맛보는
시원의 빛이
천지의 신화 새롭게
펼쳐내는 시간이 시퍼렇게
오늘도 허망의 껍질들 벗겨낸다

올망졸망
24층 아파트들 숨구멍들
하늘 길이 열리고
내 눈동자 속에서
괴물처럼 솟아난다
우주로
가는 길이 빛난다
반짝인다
노래한다
신영의 방에 누우면
별들이 천장에서

반달처럼

가을날
하얗게
떠도는
파란 하늘
반달처럼
그대
나를 생각만 해도
미쳐나는
그리움에 동동
떨게
하고 싶었네

떠나고 싶었네
그대에게로
누런 황금 햇살
출렁이는 대낮에
잠깐
졸음 겹다 눈 비비는 시간

민들레 꽃씨처럼 하얗게
날아올라 가볍게
파란 바람에
쓸려가고 싶었네

자나 깨나
내 그리움인 그대여 나도
그대 그리움이고 싶었네
그대 보고 싶어
눈물 날 땐
내가 어디에 있든
그대가 어디에 있든
그대에게로
한 방울 눈물로 동동동
떠나가느니 새하얗게

그리움이 된 나를
이젤랑

망각 속에서
발이라도 동동
구르며
여위어드는 기다림
어디쯤에서 어정어정
깊숙이
한숨이라도 지어다오
그대여

침팬지 세 마리

대전동물원
아프리카에서 온 침팬지
두 마리 빨간
엉덩이 깔고 앉아
한 녀석 털 고르며
이를 잡는다 벼룩을
한 녀석 쭈그려 앉아 구경하고
어느새
먼 아프리카 추억하는
그들 눈동자 속에
이상하구나
새파란 하늘이 흘러간다 멍청하게
하얀 이 드러내 웃는
오월이여, 푸르구나!
침팬지 세상

허깨비 하나가

동으로 가면 동으로 간다
서로 가면 서로 간다
허깨비 하나가
오공 때부턴가
따라다닌다 졸졸
거짓을 할 수 없다
세상은 점점 추워들고
덜덜 떨면서 하루를 살고
점점 자그마해진다 졸졸
허깨비 하나가
색안경 쓴 정보원처럼
감시한다 제발
따라다니지 말라고 빌고
애원도 하지만 어림없다
더 가까이 다가와
말없이 따라다닌다 졸졸
밥 먹으면 그도 밥 먹는다
잠자면 그도 잠잔다

책 읽으면 그도 책 읽는다
노래할 때 그도 노래한다
모르는 척 곁눈질하면
그도 모르는 척 곁눈질한다 점점
자그마해진다 세상은
추워들고
친구들에게 물어봤다 바보같이
친구들은 말한다 단호하게
민주화 시대에 허깨비라니!
그러니 시가 필요한 시대 그러나
필요한 시는 없고
시가 필요한 녀석도 없어
필요 없는 시만 시집 가득
도서관 한편 그득 넘쳐날 뿐
허깨비가 설쳐 다닌다
세종대왕 그려진 한 장짜리
자그만 책 몇 권 우리는
가죽 지갑 속에 당당하게

구겨 넣고 다닌다 돈 세상을
마침내
카드 한 장
두 장 넣고
다닌다 그 속에 길이 있어

백 년 동안 내리는 눈

목소리 가다듬으며
눈 내린다 백 년 동안
동학교도들
눈 내리는 풍경 속에
있다 나는
백 년 동안
잠자는 왕자 아니다
깨어나지 않는다
아니다, 늘 깨어 있다
아름다운 전설
몹쓸 바람에 휘말려
지상에서 사라져가는
날
쓸쓸하다
백 년 동안
눈 내리는
풍경 속

빗소리

산에 오르니
산은 사라져 없고
비 내린다

발걸음에 걸리는
젖은 빗소리
나도 사라져 없고

산
가득

빗소리로
풀리는
귀

하나
산이 되어간다

빗소리 2

하얗게
비 짓는 소리
꽃 문 닫아라
연둣빛 속에서
바라보느니 아득히
꿈나라 떠나와서
다른 꿈나라에서
하얗게

대전을 지나며

즐겁고 신나는 어린이날에는 어린이 돕는 일이나 할 일이지
고작 이 차선 도로에 나와 교통정리 하는 것도 아니고
교통 위반 범칙금이나 어쩌다 버는 정신 나간 녀석들 없다
하나도 아니고 셋씩이나 몰려나와 큰일이라도 생긴 듯이
어린이 태우고 다니는 초보들 걸려들면
딱지 끊기 하는 이 더러운 세상에서
단 한 번이라도
이런 녀석들에게
걸려들지 말라
하늘은 푸르구나 우리들 세상 그러나
카드 빚 못 갚자
여자들만 붙잡아
카드 뺏고 죽여
자동차 트렁크에 넣고 다니다 암매장하는 자들

세상 겁주고 다니다

잡히기도 하고 도망치기도 하고

TV만 켜면 돈이나 먹는 엉터리들 아니다 하지만

대통령 아들은 틀림없다 한다

잇따르는 더러운 소식들

꼬옥꼭

숨어라

머리카락 안 보인다

놀이도 재미가 없다

나라가 개판 되어도

그 국민에 그 나라

우리 책임이라 하지만 책임질 우리

하나 없는 나라에서

보아라, 살고 싶지 않은 백성들

외국으로 이민 가고

외국에서 떠돌고

부엉이

그대 눈망울에서 나는
호머의 슬픔을 읽어낼 수 있을까
유배의 저주를, 그 천형 찾아낼 수 있을까
눈먼 길을 따라
부엉부엉
그대 울음 길을 찾아들면
황사 바람 제주 뒤엎어놓는 늦은 봄날
사라사(紗羅寺) 지나 극락으로 가는 길이
벨도오롬〔別刀峰〕으로 이어지는 길 위에
끼리끼리 모여 사는 솔숲으로 푸르르르
이어져간다 부엉부엉
메아리가 지어놓는 하얀 절벽
그 어디쯤
그대여, 불타는 눈 감고 때로
눈 뜨고 외줄기 길 열어놓고 있는가
백세 산책 길에서 건강 찾는 사람들
백세 살기 꿈속 걸어가며 저마다
여기저기 뼈 묻고 허무 속으로

사위어드는 무덤 곁 지나며
남의 세상 아무리 기웃거리며 간다 해도
바닷가에 살고 있는 자살바위 하나
이승에 없어 좋을 어떤 콜택시 기사처럼
지나는 이들에게 오라오라 눈짓한다
만상이 모두 허상 속에 깨어있는가
그 허상 속 아, 부엉이 우는
벨도내〔別刀川〕 흘러가는 물소리
봄풀 냄새 속으로 흩어진다
깊은 겨울 폭설 속 잠자던 구렁이 하나
부엉부엉 벨도오름 어디로 갔나
개오동나무 밑동에 긴 허물 벗어놓고
물소리 속으로 풀리는
겨울잠 그림자 주우러
풀 냄새 흩어지는
절벽 길을 기어갔나 부엉부엉

떠나야 할 길이

떠나야 할 길이 하나쯤
있다는 것만으로도
아직
행복하다
나는

60년도 더 걸어왔다
절룩이며
남들 만들어놓은 길들
아득함이여

저 아득함은 어디서 오는 것일까
아득히 바라본다 끝 간 데 없이
앞으로 뻗어 있다 다른 길들
뒤로도
양옆으로도
그래
나를 진정 미치게 했던

내가 이르고자 했던
당신네들
만고강산이 다 길이로구나

오늘에사
겨우
시작이며 끝인
내 길 떠난다 나는
아직
행복하다 가도 가도
내게 이르지 못할
가슴 가득
명자꽃
새빠알갛게
환한
길

낮잠 자는 할머니

돈 잘 버는 병원
길가에
참외
자두
수박
콩잎 한 묶음 팔리지 않는 상판 벌여놓았지만
섭씨 30도 오르내리는 7월 한낮
지나다니는 사람들 거들떠보지 않으니
무더위 속 주름살 접고
낮잠 잔다 자그만 할머니
70평생 말 잊고
깊은 침묵 이뤄
나비잠 잔다
한평생 걸어온 길
헌 슬리퍼도 저만치 벗어놓고
겨우
구겨진 삶 한 자락 또올똘 말아 베고
두어 뼘 쪼그리고 누워

가난한 낮잠 잔다
팔 차선 온갖 잡동사니 자동차들만 빵빵
누더기 삶 속
달려오고
달려가고
할머니 잠 속엔 천국이라도 펼쳐지는가
침 흘리는 입가에 아련히 떠 있는
아, 구겨진 미소
한 송이!

밤바다에서

별빛입니까 밤물결 소리
저편으로
잦아드는
어둠입니까, 아하
그러니까
시방
나는
밤물결 소리 속에
있습니까 어둠 속에
어디에
있습니까 나는
별빛입니까

숟가락에 대하여

아버지 숟가락만
유별났다 그 숟가락으로
한 번도 밥 먹지 못했다
제사 때도
할아버지
할머니
숟가락은 따로 있었다
내 숟가락만 없었다
아무 숟가락으로나 밥 먹었다

4·3 때
관덕정 앞
나무 십자가 만들어 매달아놓은
이덕구 죽음
윗호주머니에
꽂혀 있던
숟가락
파르스름 녹슬어 있었다

어째서 우리에게
그 숟가락 보여줬을까

5·16 터져
혁명 공약 외며 우리는
군대에 갔다 이유 없이
얻어터지며 군대 생활
배고픔 함께한
나의 갈매기 숟가락이여
제대할 때
반납하고 왔다

결혼하고
딸 낳고 아들 낳고 딸 낳고
아버지 되었다 그러나
내 숟가락은 어디에 있지
아무 숟가락으로나
밥 먹으면 그만일까

내 숟가락이 없다 천지간에

싸구려 식당에 가도
고급 레스토랑에 가도
먹고 싶은 음식도 없어졌다
죽고 나서야 생겨날까
어디에 있지
오, 불쌍한 내 숟가락!

廢船의 낡은 꿈

바다 물결 잦아진 모래톱에 나자빠졌다
부자리 다 썩어간다 무정세월에
밀고 써는 바닷바람 부는
빈 길 그러나
버리지 못했다 젊은 시절엔
만선이었다 옥도미
볼락
황우럭
다금바리
한치
제주 바다
동터오는
새벽 가르며
보랏빛에 젖어 있는
포구 떠나면 별빛 가득 넘쳐나는
밤하늘 물결 재우며 돌아왔다
해녀들과 함께 난바다로 나아가
숨비질 소리 내지르며

저승길 넘나들며
미역 따고
전복 소라 캐며 함께
일하는 것이 눈물나는 고된 즐거움이었다
폭풍우와 싸우며 때로
짓누른 죽음 넘어서며
한평생 살아온 늙은 어부 세상 뜨고
이제
해녀들도 다 늙어 바다 등졌으니
보랏빛 바다여!
떠나가자, 떠나가버리자!
저 바다로 다시 가서
차라리 빈 바다가 되어라 새파랗게
출렁이는 바다 물결로 바스러져라!
새하얀 바닷길 열어놓는
낡은 꿈 삭이며

鳥葬 이후

한 욕망이 한 욕망을 먹었을 때
우리는 알았다 이 세상이 어떤 세상이란 것을
그래서 생겨난 슬픔이 평생 짓눌러도
우리는 망각 속에 묻고 말았다
이십 대에 이미 알았다 내 친구
산천단 들판에 죽어 나자빠졌을 때

맨 먼저 날아온 까마귀
눈알 파먹지 못했다 우리는
젊은 날의 욕망들
뼈다귀만 남겼다
그래 세월 속에 하얗게
굴욕들 조장했다 그러나
명주실 같은 혼 한 가닥
살아남아

오늘
비로소

날아올라 시커멓게
망각 속을 날아다니느니
그래
어떤 욕망 남아 있느냐
까마귀야!
까옥까옥 여태껏
똑같은 소리만 내지르는 것이냐
까마귀야!

계백 장군의 무덤

국화 한 송이
향로엔 향도
없더라 오천 결사대
무덤도, 아내 이름, 자식 이름도
아비 칼에 죽임 당한 일이
비석에 새겨져 있을 뿐
한 왕조의 용감한 죽음
찾는 이들 마음 스산하게 할 뿐
하나도 보이지 않더라 오천 결사대
멸망으로 내달리며
휘두르던 창칼 소리 와와!
고함치던 피에 젖은 목소리들
계백 장군 호령 소리 시퍼렇게
용감하게 싸우다 죽을망정 치욕을 남기지 말라!
천 년 세월에 묻혀
살고 있더라 황산벌엔
새 길들 이리저리
멋들어진 새 집들

죽음 뒤에 남는
영광과 치욕들
역사 향해 던졌던 빛들
무심하게
눈 떠
솔바람으로
피고
지고

단재 신채호

청주시 문화예술의 집
앞뜰에 의연히
서 있는
단재 동상
바라보는 자 있는가
바라보는 자 하나 있어
참담한 고독의 모습 어릿어릿
떠돌고 만주로
중국으로
아무리 아픈 발
절룩이며 떠돌아도
독립의 날 없던 것을
어째서 왜경에 잡혀
십 년 옥고 치러야 했는가
어째서 왜놈 감옥에서
죽어가야 했는가
친일파가 되지 않기 위해?
친일파라야 출세하는 세상에서

일본인도 아닌 당신이
남의 나라 감옥에서
죽은 나방 이울듯
단재여, 오오!
단재여!

속리산 법주사

속리산 법주사로 가려면 삼천이백 원
입장료를 내야 한다 재깍재깍
찍는 열람인 확인 기계
앞을 우리는 무료로 통과한다
무쏘 몰고 가는 바쁜 중생들
타고 가고 싶어도 걸어가야 하는
중생들은 언제나 걸어가야 한다
이상하구나 이렇게 깊숙한 산속
대가람 가는 길에 아아! 새소리 하나 없다니
그래, 신라 진흥왕도 없고
가람 짓던 義信도 없고
임진왜란 때 가람에 불 지르던 왜적들도 없고
땀 흘리며 중창하는 碧巖大師도 없지만
극락 찾는 중생들 발걸음들
수북이 쌓여 있구나!
마애여래상
팔상전
사천왕 석등

원통보전
석련지
대웅전
왼쪽으론 도금하는 거대한 청동 불상
어디에 있지?
삼천 명 승려들 밥 지어 먹인 쇠솥
모두 보물들이나 국보들
놀라움 있어 나를 잇달아 놀라게 한다
사찰 어디에 서나 들려오는
불경 소리 햇살들
눈부시게 쏟아지는데
갑자기
추적추적
내 마음속으로 떨어지는
늦가을
빗소리
황금빛
서너 장

사람이 하늘이니
— '보은동학전적지'에서

5만이 모여들었다 동학교도들
보국안민!
척양척왜!
계급타파!
평등!
죽기로 싸웠지만
때로 이기기도 했지만
그들은 다 죽어 사라졌다
일본군과 민보군들 총에 맞아
추위가 뼛속까지 하얗게 달빛 쏟아져
굶주림과 목마름에 시달리던
호민들, 원민들, 항민들 가슴속
들끓던 한
죽음으로 풀어내며
옥녀봉 기슭
장내리
삼가천 시내 입 다물고
백 년도 더 흘러가고

장막 치고 머물던 곳
논밭이 되고
논두렁 위엔 멍하니
장승 하나 서 있다 하늘 향해
사람이 하늘이니
팔도에서 뜻있는 백성 모여 목숨 바친
첫 민중 운동이라고 설명하는 김정기 서원대 총장
나는 질문했다: 제주 사람도 있었냐고?
아아, 놀라워라!
한 사람도 없었단다!
바다 때문에
너무 멀어
한 사람도 없었단다 알릴 사람이

문 앞에서

문 앞에서 문 안으로 들어가지 않는다
때려 부수고 싶은
문 두들기면
환하게
사라지는 돌 무지개
따라나서면 우수수
힘 잃은
이파리들
떨어져 내린다 여태껏
한 번 흘러간 그대
망각의 강물이여, 돌아오지 않으니
미워하지 말라 온 세상
하나 가득
캥캥 마른 눈물
손수건에 싸들고 꽃이여
꽃 피는 날
꽃놀이 나서는데
시드는 꽃

한숨 꽃 이파리들
한 줄기 기억 속으로
비 오듯 내리는
저물녘

종이학을 접으며

종이학을 접는다
학 접기 배운 지
오십 년도 지났는데 언제나
날개 접기가 서투르다
날개 없는 학이야 학이 아니지
쓰레기통에서
얼마나 많이 날개 없는 학이
죽어갔나 새하얗게
나위 없는 꿈 조각들
날개 달린 학 한 마리
내 어린 꿈속을 훨훨
천 년을 날아다녔다 때로
외할머니 '옛말'하는
음성으로 도란도란
내 꿈속을 어지러이
날아다니곤 했다
이제
학의 꿈속에 내가 들어

날아다니며 어지러이
종이학을 꿈꾸느니
천 년 동안 이룩한
동양의 부귀와 영화
처참함으로 저물어 든
왕자의 꿈이여
하늘
하나
가득 차
오르는 것들
곰곰이
들여다보면 모두
하얀 구름
빛

지리산 천왕봉에서

어려운 시대 숨죽이며
살아가는 이들아! 어려운 시대 건너
천왕봉에 오르는 까닭을 알겠느냐
천왕봉에 오르거든
해지기하는 해를 바라볼 일이다
우리
비록 어린 왕자는 아니더라도
힘들었던 하루의 수고
투욱툭
털어내고 장엄하게
금빛 망각 속으로
저 처참하게 지는 해
오롯이 바라볼 일이다
여기선 때 묻은 말들 버려라! 온갖
생각들도, 이승의 잡된 고뇌들
야호! 헛된 소리들 내지르지 말라!
1915미터 높이를 버려라!
함양, 산청, 하동, 남원, 구례

고달픈 인간살이
눈에 들어오는 넓이도 버려라!
가슴 깊숙이
타오르는 것이 어디 철쭉꽃들뿐이겠느냐
산행에 지친 발걸음들
저만치 산행도 풀어놓고
아득히
봄날 녹아나는 햇살에 타오르며
영원도 잠시 머문
해지는 서천이나 바라볼 일이다

건망증

기억나지않는다일제식민시대부터얼마나
쪽바리에게당했는지붙어먹었는지그래
센데붙어먹는버릇생겨났다하는말이알쏭달쏭하다
지금도친일파들판친다고악을쓰지만
요즘독립운동하는사람은하나도보이지않는다
군사정권보다그정권에빌붙어먹은자보다빌붙지조
차못하고
다니다나중엔민주화운동이나한것처럼까불며행세
하는자들
능력도없이그만저만한자리차지해세상망쳐놓고
자기하는일만옳다며옳고그름도모르는자들손에서
세상은돌고있다말하지만그것들잊어버렸다
한국에살고싶지않다고앙케트에당당히말하는한국
인들
많아져간다애들혀까지수술시켜R발음잘하라고
영어잘하라고
혼이뒤집힌친영어파백성들
감옥으로보내야할자들

권력을멋대로쓰고돈먹었다고떠들고있는신문방송들
아무것도기억나지않는다한다하나도
무섭다

자본주의

오로*
까매기**
두테비***
말축****들
나비 한 마리 날지 않는다
그린벨트 썩어 문드러지고
제주 섬
국제자유도시 되자
다시
몰려든다
땅 사러
오가는 사람들
돈 벌러
세계 관광객들
돈 쓰러
까불며 다니는
자동차들
토박이들

팔다 남은 땅이나
팔아먹고
피똥 싸며

* 두더지의 제주 토박이말.
** 까마귀의 제주 토박이말.
*** 두꺼비의 제주 토박이말.
**** 메뚜기의 제주 토박이말.

빈 거미집에 대한 빈 단상

애 밴 무지개가 걸린다

밀잠자리

노랑나비

팔랑팔랑

하얗게 달빛이 걸린다

어두운 밤 별빛이 걸린다 파랗게

눅눅한 바람도 힘없이 걸린다

온 세상 걸려오지만 빈 거미집에, 아아

거미여!

지상의 어디쯤 헤매어 다니는가

끝없이

풀려나가는 그리움의 실꾸리

그 끝을 찾고 있는가 홀로

지은 집에서 삭이던

의혹과 반란과 허무 다 내버리고

죽음이 걸려올 때까지

한 뼘 남은 목숨

빈 세월 걸어놓고

무엇을 꿈꾸고 있는가
어디에서

저승에 가면

저승에 가면 한 번도
못 만나 좋을 거야, 참 좋을 거야
잘난 사람들
악질들
모두

천국엘 재주껏 갔을 테니
못난 사람들만 만날 거야
눈물 흘릴 때마저
숨어서 눈물 흘리고, 그러나
노역을 기쁨으로 빚어
목마름 풀어주는

물병 하나
가득히
서러움 채워
허리띠에 졸라매고

큰소리 한번 못 치지만
푹 고개 숙인 체
오늘도
저승으로
영어 연습하며

아이 엠 해피!
막노동판 찾아간다

나도 나비넥타이를 맬까

숨을 쉴 수 없다
목이 죄어온다
하루 한 번씩 아침마다
목에 풀칠하러
목에 맨다 목매는 줄
남들은 컬러가 멋있다고
누가 고른 거냐고
은근히 치켜세우지만
참으로 목 죄어 죽을 것 같다
김동길 교수는 나비넥타이를 맨다
얼마나 목이 자유로울까
개줄 풀고 나도
나비넥타이를 맬까 그럼
나비처럼 자유로울까
남들 눈치 보지 않고 나도
나를 이야기할 수 있을까 당당히
한 마리 나비가 될 수 있을까 하늘하늘
하늘을 날아다닐 수 있을까
몰라!

소리왓에서

1

소리왓에 들었더니
정신 차릴 수 없구나
소리 찾는 일 이미
부질없는가 소리왓엔
온갖 소리들 모여 살지만
이 시대 우리는 찾았는가
찾아야 될 우리 소리들
귀 있어도 듣지 못하면서
귀 있어도 들을 소리 잃어버리면서
이 풍진 세상에 닳아
풍진으로 빛나는 귀
하나
이십 세기 깡패
문명 속 뒤적이지만
찾아내지 못한다

2

우리 동네 모를걸
단란 주점
노래방들 많아라
신곡도 많아라 가고 보면
그런데도 부르는 건 옛 노래
달랑 「희망가」 한 곡
「희망가」로 시작해서 「희망가」로 끝낸다
아무리 「희망가」 불러
'가수 될 소질 있다' 떠도
90점짜리
희망 안 보이고
목소리 잦아든다
이제야
끝나는 걸까

3

드디어
소리왓에서
귀 하나
찾았다 그러나
아까워라
들을 소리 없어
썩어가고 있다

똑같은 꿈나라

종족에게
잊혀지는 일보다
더 슬픈 일이 없습니까
잊혀지지 않으면서
종족에게
욕 얻어먹으면서

영생하려는 자들
있어 우리를 슬프게 합니까
권력이나 휘두르다가
돈 몇 푼 더럽게
모았다 해서 만 냥짜리 역사
똥값도 못 받고 팔아먹었다 해서
병든 열망 하얗게 약 올리지만
마침내

나는 없고
슬픔만 있습니까 그래

아무것도 아닌
똑같은 꿈나라가 보입니까
대낮에도

수첩

순찰대가 오고 갔다
발바닥에 고이는 식은땀
암호를 잊어버렸다
먹이 찾아 노루들은 밤새 울었다
언제나
기회주의자들
편안히
잠자고
산천은 천 년 동안 앓고 있다
그래 이제야 보이느냐 그대
이마 위에서
시드는
싸구려 시간
한 장

실어증

단검을 간다
위험
무늬
얼간이
암초
수류탄
금발의 꿀벌들
다이아몬드
비늘
별
허공 향해
새
하얗게
단검을 날린다

목숨

온종일
바라보는
빈산

잦아드는
빈 물소리
가득

흘러가는
마른 냇가
무명의 벌레 소리

귀 열면
그 소리
깊숙이

저물어드는
빈산
헛 그림자

密談

얼마나 많은 망설임을 쇠스랑으로 골라야 하나
노예
흡혈귀
과오
검객
어깨
딱정벌레
사막
새
한단몽
바람 부는 날

철물점에서

철물점에서
이리저리 어정댄다
빗자루를 살까
콘크리트 못도 한 줌

오십 년 동안 쌓아온 추억들
집 안 깨끗이 쓸어낼까
그 추억들 기념하기 위해
벽마다 못을 박을까 그 못에

죽은 하루 걸어놓을까
다 못 마신 술 한 잔 걸어놓을까

이승에서 못다 잔 여윈 잠 걸어놓을까
어정댄다
이리저리
철물점에서

부재 증명

하늘님이 지금
자리에 안 계시다니
천벌은 누가 내리시나

아니다
죄가 존재하는 게 아니라
죄인이 존재할 따름이니

천벌은 하느님이
인벌은 사람이
내리시니 그렇지
죄를 미워할망정
사람을 미워해선 안 되느니라
그렇게 배워왔다

스승 없는 교실에서
그러나
한평생
알 도리 없어

虛葬集

1

내가 만난 가난은 얼마나 캥캥 마른 것이었나
그 가난 복사꽃
한 잎 눈물 속에 묻다
복사꽃
복사꽃
시름없이 지는 날
보릿짚 깔고 앉아
보릿겨수제비 먹으며

2

냉이 꽃들 하얗게
배꼽 들어내
여윈 향기 내뿜는
해그늘

느릿느릿
보법 익히느니
발걸음들
발그림자 속에 묻다

3

까치놀 거세어간다
저승에서
들려오는
외할아버지
기침 소리
아아 가느다란
연분홍
다리품 파는 하얀
갈매기 소리 깨룩깨룩
물결 위로

떨어지는 그 속 한 자락
소소리바람

4

마
침
내
헛 이름 항간에 묻다
아무도 몰래
감실감실
피어날까
피어날까
먼 후일
그 헛 이름
부질없이

餘命

오늘도
새해 만나기
틀렸습니까 저녁 해만
눈 비비며
바라보다가
날 샜습니까

깊이 알 수 없는
깊은 밤 맨발로
건너가면 기다림은
어디서
동터오는 것입니까 드디어

우리는 피차
알지도 못하는데
어째서
그것을 만남이라고 부릅니까

곤륜산 근처에 묻고 온 나의 꿈

당신이 주신 당신 몸에 펑크가 나기 시작했어요

때로 나도 모르게 펑크를 내는 놈들이 있어요

그러나 그 펑크 때우며 잘 살고 있어요

저승꽃 만발한 곤륜산 근처에 묻고 온 자귀나무 꽃빛 같은 나의 꿈

당신에게 돌려드려야 될 이 몸

당신에게 세 들어 산 육십 년 셋방살이

끝내야 될 시간이여!

어디쯤 오고 있나요

아직은 빈손뿐이어서 섭섭하네요

어느 날

내 혼 속에 흐르던 시뻘건 피

새하얗게 빛바래

혹여 곤륜산 근처에 이름 없는

꽃 한 송이

피어나게 되면 방 값이나 될는지

혹여 꽃이 피어나지 않는다 해도

내 세상 모두가 그것뿐일 것을

그날이나 기다리셔요

본전치기도 안 되겠지만

하늘은 원래 환상이므로

하늘을 쳐다보아라 언제나
하늘로 날아오를 수 있다 새가
땅을 봤을 때
추락한다
하늘은 원래 환상이므로

새가 날아다녀도 환상 속
아무렇지도 않다
아무리
하늘이 깊다 해도 끝없이
하늘에 빠져
죽은 자들 본 적 있느냐 언제든

야트막한 땅 위에서
죽음은 그 땅 위에서
깊숙이 완성되느니 그렇지만
그 땅도
돌고

돌아
없음으로
가고 있을 뿐

아무것도
아무렇지 않다
이러니
저러니
환상이 있을 뿐

마지막으로

이 세상 담뿍
저무는 날
코끝이 시큰할 거야 코끝이
눈썹에 묻어 있는
메마른 잿빛 그리움도 털어내고

기인긴 여름
한세상
온통 금빛 노을로
타오를 때 한 줌
노을로 보탰으면 한 뼘
무지개로 보탰으면
이내 사라진다 할지라도

아!
어두워지지 말았으면
저렇게 눈이 부시게
저녁노을로 타오르며

그냥 남았으면 세계가
멸망할 때까지 내
금빛 어린 날의 눈금아!
마지막으로

그럼
망령이 날까
코끝이 시큰할 거야 코끝이
이 세상 담뿍
저무는 날

새가 된 소년들은 하늘을 날아다니고

소년들은 새가 되고 싶었다
저마다
한 마리씩
새를 잡았다 소년들은
새가 되었다 그리고
소년들을 잡은 새들은
소년이 되었다

새가 못 된 우리여 그렇다고
새가 못 되었다고
하늘을 날아다니는 새들을 시커멓게
죽음의 쇠 구멍으로
망나니 겨냥 말라
혹여 소년들을 만나거든
언제
새가 되겠냐고
따져 묻지 말라 결코
그들에게 슬픔을 가르쳐선 안 된다

그냥
하늘을 날아다니도록 하라 자유롭게
이밖의 것들이란 모두
잡된 인간살이뿐이려니

소년들은 새가 되었다 이제
빈 하늘 날아다니는 빈 하늘이 되게 하라

| 해설 |

'도채비'를 만나는 허공으로의 도정

고 명 철

소년들은 새가 되고 싶었다/저마다/한 마리씩
새를 잡았다 소년들은/새가 되었다 그리고/소년들을 잡은 새들은
소년이 되었다//[……]//소년들은 새가 되었다 이제
빈 하늘 날아다니는 빈 하늘이 되게 하라
—「새가 된 소년들은 하늘을 날아다니고」 중에서

어느 한곳에 정처를 두지 않고 부단히 다른 곳으로 옮겨야 하는 것은 피할 수 없는 시인의 숙명인가. 이제 그만 한곳에 정처를 두고 그동안 지나쳐온 길을 반추하는 것으로 자족할 수도 있을 텐데, 시인은 조금이라도 자족하려고 하지 않는다. 어떤 곳에 도달하여 잠시 숨을 돌릴 틈도 없이 또 다른 곳으로 떠나야 할 길이 있다는 것은 시인에게 괴로움을 안겨줄까, 아니면 지극한 행복을 안겨줄까.

떠나야 할 길이 하나쯤
있다는 것만으로도
아직
행복하다
나는

60년도 더 걸어왔다
절룩이며
남들 만들어놓은 길들
아득함이여 —「떠나야 할 길이」 부분

비록 "남들 만들어놓은 길들" 중 어느 하나의 길을 떠나지만, 시인으로서 주체적으로 선택한 하나의 길을 떠난다는 것만으로도 시인은 "아직/행복하다"고 고백한다. 지금부터 떠날 도정은 어떤 자세로 어떤 길을 떠나야 한다는, 시인을 다소 긴장시켰던 그것이 아니라, 어떤 무엇으로부터도 구속됨이 없는 도정이다. 매일 아침 넥타이로 목을 꽉 죄고 단정한 자세로 떠나는 길이 아니라, 목이 자유로운 나비넥타이를 매고 하늘을 자유롭게 날아다니는 나비의 유영과 같은 길이다("나비넥타이를 맬까 그럼/나비처럼 자유로울까/남들 눈치 보지 않고 나도/나를 이야기할 수 있을까 당당히/한 마리 나비가 될 수 있을까 하늘하늘/하늘을 날아다닐 수 있을까/몰라!"—「나도 나비넥타이를 맬까」 부분).

문충성 시인은 이 자유로운 도정에서 그동안 들을 수 없었던, 아니 듣지 않으려 했던 소리들의 진실을 만나려고 한다. 귀를 쫑긋 세우지 않으면, 이내 허공 속으로 소멸해버리는 숱한 소리들의 사연을 간절히 듣고자 하는 것이다.

1

소리왓에 들었더니
정신 차릴 수 없구나
소리 찾는 일 이미
부질없는가 소리왓엔
온갖 소리들 모여 살지만
이 시대 우리는 찾았는가
찾아야 될 우리 소리들
귀 있어도 듣지 못하면서
귀 있어도 들을 소리 잃어버리면서
이 풍진 세상에 닳아
풍진으로 빛나는 귀
하나
이십 세기 깡패
문명 속 뒤적이지만
찾아내지 못한다

—「소리왓에서」 부분

이십 세기 문명을 이루는 온갖 소리들이 존재하는 소리 왓이지만 "찾아야 될 우리 소리들"은 쉽게 찾을 수 없다. 우리의 삶을 에워싼 잡소리들은 많지만 우리 시대를 공명(共鳴)해내는 '참소리'는 들리지 않는다. 잡소리에 묻혀 '참소리'는 허공 속으로 가뭇없이 그 실체를 감추어버린다. 그렇게 이십 세기는 시인의 귀를 녹슬게 하였다. 하여, 시인의 귀는 "가련한 귀여, 아주/어두워져 이젠/돈/소리조차/분별 못"(「녹슨 내 귀는」)하는 가엾은 신세로 전락하고 말았다. 세상의 모든 것을 순리대로 이해하게 된다는 이순(耳順)을 훌쩍 넘긴 시인에게 이십 세기 문명의 소리들은 좀처럼 이해할 수 없다. "참으로 알 수 없는 세상"(「이 겨울에 우리가 산다는 것은」)이자 "아, 앞을 내다보면 앞으로/살아가야 할 날들 보이지 않는"(「눈물 속을 빠져나오자」) 세상 속 잡소리들의 풍경이 눈을 현혹시키고, 아직도 시인의 주위를 배회하고 있는 '허깨비'가 잡소리들의 풍경 틈새에서 고개를 불쑥불쑥 치켜들기 때문이다.

친구들에게 물어봤다 바보같이
친구들은 말한다 단호하게
민주화 시대에 허깨비라니!
그러니 시가 필요한 시대 그러나

필요한 시는 없고

시가 필요한 녀석도 없어

필요 없는 시만 시집 가득

도서관 한편 그득 넘쳐날 뿐

허깨비가 설쳐 다닌다 —「허깨비 하나가」 부분

시인의 무의식 한편에 똬리를 틀고 앉아 있는 것은 1980년대 신군부의 폭압과 연루된 두려움이다. 그 시대의 온갖 무자비한 폭력의 소리가 만들어낸 '허깨비'가 지금까지 시인을 따라다닌다. 사람들은 말한다. 이제 형식적 민주주의가 정착하고, 문민정부에 이어 참여정부가 들어선 마당에 예전의 그 '허깨비'는 존재하지 않는다고 말이다. 하지만 시인은 "허깨비가 설쳐 다닌다"고 단언한다. 우리의 일상 속으로 아주 자연스럽게 '허깨비'가 배회하고 있는데도, 우리는 그 움직임의 소리를 일부러 듣지 않을 뿐만 아니라 그 소리의 정체도 모른다고 시인은 생각한다. 하여 시는 넘쳐나되, '허깨비' 소리의 실체를 듣지 못하는 시들이 시집을 채우고, 그 시집들이 도서관을 소리 없이 잠식해 들어간다는 데 대해 시인은 우려한다.

이 '허깨비'는 시인의 유년 시절의 '도채비'와 성격이 확연히 다르다. '허깨비'와 달리 '도채비'는 제주 태생의 시인의 아름다운 유년 시절의 풍경 속에 오롯이 존재하는 대상인바, 근대적 도시 문명에서는 좀처럼 만날 수 없어 인간과 자연의 길을 소통해주는 역할을 맡는 비의적(秘義的) 존재다. '도채비'도 '허깨비'처럼 두려움의 대상이되, '도채비'는 아무 이유 없이 인간을 억압하고 위협하며 목숨을 빼앗는 가공할 만한 존재는 결코 아니다. 그보다 '도채비'는 인간과 자연의 관계 속에서 인간의 오만한 삶을 경계하게 하며, 인간과 자연의 비의적 관계를 지탱시켜주는 정령(精靈)으로서의 위엄과 친연성을 지닌 존재다. 근대적 도시 문명이 전면화되기 이전 제주인들은 비가 올 듯한 기후 조건을 갖춘 한밤에 주로 무덤 근처에서 '도채비'(혹은 '도채비불')를 곧잘 목도하곤 하였다. 제주인들은 이 '도채비'를 두려워하되, 마냥 두려움의 대상으로만 간주하지 않았다. 제주의 어린애들은 어른들로부터 '도채비'와 관련된 구전 설화를 들으며 삶의 경건성을 체득하기도 하고, '도채비' 놀이를 하며 자연과 인간의 친연성이 몸에 배기도 하였다. 따라서 이러한 '허깨비'와 '도채비'의 관계는 대립 쌍을 이룬다 해도 과언이 아니다. 말하자면, '허깨비/도채비, 성인/유년, 타락한 정치권력/아름다운 유년 시절, 야만/순정, 폭압/사랑, 문명/자연, 구속/해방, 부정/긍정' 등의 일련의 관계가 그렇다.

어떻게 보면, 이번 문충성 시인의 도정은 혹 '허깨비'로부터 벗어나 망실하고 있던 '도채비'를 진심으로 만나러 가는 길인지도 모를 일이다. 하지만 현실은 냉혹하다. 시인의 유년 시절은 시간의 퇴적층 속에 자리하고 있을 뿐,

'도채비' 이야기를 듣고, '도채비' 놀이를 하던 그 유년 시절 자체를 현실의 세계로 되돌릴 수 없는 일이다.

> 겁났지만 몹시 궁금했네
> 어떻게 도채비 나라에 갈 수 없을까
> 어두운 밤 마을 쓰레기장엘 찾아가고
> 사금파리 속 도채비 나라 기웃거리다
> 할아버지에게 들켜 욕만 먹었네
> 너 이 녀석, 도채비 될래! 그러나
> 한 번도 만나지 못했네, 도채비여! 도채비여!
> 어디 있니? 너도 영어 모자라 이민 갔니?
> 미국으로, 아니면 호주로? 나의 유년도?
>
> 사금파리 속 도채비 나라엔 도채비들이 살고
> 그 도채비 나라엔 나의 유년이 살고
>
> —「사금파리 속 도채비 나라엔」 부분

이렇게 한 번도 만나지 못했던 '도채비'는 근대적(혹은 탈근대적) 문명에 떠밀려, "나의 유년" 시절의 아름다운 기억의 갈피 속에 자리하고 있다.

그렇다면 무엇이 이 '도채비'를 시인의 영토 밖으로 쫓아내었을까. 비록 시인은 자신의 귀가 녹슨 귀라고 푸념하지만, 세계의 부정을 향한 시인의 준엄한 현실 비판적 감각은 무디지 않다. "지나는 길에서/만나는 엉터리들/아무도 알지 못해도/허리 굽혀 아무하고나 인사하지 않으마"(「夢遊」) 하는 세계를 대하는 시인의 견결한 시적 태도는, 자유로운 도정에서도 때때로 갈무리하는 시인의 위엄이다.

1977년 시작(詩作) 활동을 한 이후 30여 년에 걸친 시력(詩歷)에서 보증되듯, 문충성 시인은 일체의 부정한 것에 대한 경계를 게을리하지 않는다. 지금까지 그의 웅숭깊은 시 세계의 밑자리에는 시적 대상을 향한 미적 순결성만을 추구하는 게 아니라 세계의 부정성을 외면하지 않는, 하여 부정한 것을 직시하고, 그것을 넘어서기 위한 미적 윤리 감각이 녹아들어 있기 때문임을 간과해서 안 된다. 가령,

> 기억나지않는다일제식민시대부터얼마나
> 쪽바리에게당했는지붙어먹었는지그래
> 센데붙어먹는버릇생겨났다하는말이알쏭달쏭하다
> 지금도친일파들판친다고악을쓰지만
> 요즘독립운동하는사람은하나도보이지않는다
> 군사정권보다그정권에빌붙어먹은자보다빌붙지조차못하고
> 다니다나중엔민주화운동이나한것처럼까불며행세하는자들
> 능력도없이그만저만한자리차지해세상망쳐놓고
> 자기하는일만옳다며옳고그름도모르는자들손에서

세상은돌고있다말하지만그것들잊어버렸다
한국에살고싶지않다앙케트에당당히말하는한국인들
많아져간다애들혀까지수술시켜R발음잘하라고
영어잘하라고
혼이뒤집힌친영어파백성들
감옥으로보내야할자들
권력을멋대로쓰고돈먹었다고떠들고있는신문방송들
아무것도기억나지않는다한다하나도
무섭다

—「건망증」 전문

에서 단적으로 읽을 수 있듯이, 우리 사회에서 아직도 해결되지 않은 역사의 파행과 구조악(構造惡), 그리고 숱한 행태악(行態惡)이 망각의 유혹에 빠져 있는 엄연한 현실을, 시인은 신랄히 풍자한다. 세상 사람들이 좋은 게 좋은 것 아니냐는 식으로 자신의 이해관계에 걸맞는 것만을 기억하고 그렇지 않은 것을 망각하는 현실이 시인은 "무섭다"고 비꼰다. 그런데 무서운 게 어디 한두 가지 일인가. 시인은 급기야 우리가 살고 있는 세상을 '살아 있는 묘지'로 파악하고 있지 않은가.

밤이 아닌데도 유령들
묘지에서 걸어나온다 어정어정
돈 벌러

돈 쓰러
부지런히
자가용 몰고
버스 타고 구조조정
전철 타고 데모하며
몰상식한 택시 타고
자전거 등에 앉아 비틀비틀
걸어서 간다 유령들이

—「살아 있는 묘지에서」 부분

말 그대로 "낮도깨비들 설치는/세상"(「낮은 목소리로」)이 따로 없다. 밤과 낮의 구별 없이 좀비들은 세상 구석구석을 제 세상처럼 돌아다닌다. 그들은 물신(物神)의 노예가 된 채 그 조종을 받으며 세상을 배회한다. "이 세상에서 살아가려면 돈이/있어야 된다 돈이/없으면 죽은 목숨"(「카드 한 장으로」)과 다를 바 없다. 돈을 벌고, 번 돈을 쓰는 데 여념이 없는 우리들은 어느덧 돈이란 '허깨비'에 삶을 저당잡힌 채 '죽은 삶'을 살고 있다. 인간 존재의 가치를 박탈당한 삶을 살고 있으며, 돈을 위해서는 인간의 영혼도 헌신짝처럼 내팽개쳐버리는 유령, 즉 좀비와 같은 '죽은 삶'을 살고 있는 것이다. 삶의 대지에 뿌리를 내리지 못하는 이와 같은 유령들이 지금, 이곳을 횡행하고 있으니, 다른 곳의 대지에도 뿌리를 내리지 못하는 삶을 살

것임은 불을 보듯 뻔한 일이다("나라가 개판 되어도/그 국민에 그 나라/우리 책임이라 하지만 책일질 우리/하나 없는 나라에서/보아라, 살고 싶지 않는 백성들/외국으로 이민 가고/외국에서 떠돌고"—「대전을 지나며」 부분). 문충성 시인은 물신 위주의 삶이 우리의 대지를 '살아 있는 삶'이 아니라 '죽은 삶'의 묘지의 음습한 기운으로 뒤덮고 있는 현실을 냉철히 진단한다. '도채비'는 온데간데없고, 온통 '허깨비'만이 난무하는 묘지가 바로 지금, 이곳의 우리들의 물욕(物慾)으로 가득 찬 세상이라는 것을, 그는 뚜렷이 목도하고 있는 것이다.

문충성 시인의 이러한 냉철한 현실 인식과 비판적 감각은 '비움'의 시적 통찰의 길로 우리를 인도한다. 그는 (탈)근대적 욕망에 붙들린 우리가 그 욕망의 굴레에서 놓여나길 간절히 원한다. 욕망을 버리기를, 욕망을 비워내기를, 하여 그는 지리산 천왕봉에 올라 숱한 욕망의 상념과 소리를 버린다.

어려운 시대 숨죽이며
살아가는 이들아! 어려운 시대 건너
천왕봉에 오르는 까닭을 알겠느냐
천왕봉에 오르거든
해지기하는 해를 바라볼 일이다
〔……〕

여기선 때 묻은 말들 버려라! 온갖
생각들도, 이승의 잡된 고뇌들
야호! 헛된 소리들 내지르지 말라!
1915미터 높이를 버려라!
함양, 산천, 하동, 남원, 구례
고달픈 인간살이
눈에 들어오는 넓이도 버려라!

—「지리산 천왕봉에서」 부분

그런데 내가 정작 문충성 시인의 버리는 시적 행위에서 주목하고 싶은 것은, '비우고 버림'의 행위 자체가 아니다. 그보다 그가 '어디에' 비우고 버리는지에 주목해야 할 것이다. 그는 '허공'에 비우고 버린다. 그의 시적 진실은 '허공'에 충만해 있다. 텅 비어 있는 '허공'을 향해 세상사의 욕망을 버리고 비워내는 게 도리어 그 '허공'이 허락한 삶의 진실된 길에 이르는 행위이기 때문이다. 이 진실에 이르기 위해 그는 유년 시절부터 '허공'에 대한 궁금증을 품었고, '허공'과 대면하기 위해 산꼭대기를 오른다. 지상에서 더는 막힐 것 없는 산의 정수리에 올라 아무것도 없는, 말 그대로 텅 비어 있는 공간의 사위에 에워싸인다. 그 텅 빈 공간이 주는 시적 진실이야말로 어쩌면 시인이 한평생 동안 그 숱한 욕망의 유혹을 견디면서 도달하고 싶은 시적 진경(眞境)을 현시해줄지 모를 일이다. 아무것도 없는 전무(全無)의 공간이 말이다.

어린 날부터 궁금한 게 있었다
저 높은 산꼭대기에는 뭐가 있을까
이 추운 세상보다 해에 더 가까워지면
얼마나 따사로울까

다녀온 사람 있어 내게 말했다
멍텅구리야, 산꼭대기에는 아무것도 없어
산꼭대기가 여기보다 더 추워, 멍텅구리야!

그러나 알고 싶었다 나는
자라서
저 높은 산꼭대기에 올랐다
아아!
空空!
이 추운 세상보다 더 추운 하늘이 있었다!

—「空空」 부분

산꼭대기를 다녀온 사람들은 산꼭대기에는 아무것도 없다고 말한다. 그럴 것이다. 산꼭대기에는 손에 잡히는 그 어떠한 실체도 없으니까 말이다. 하지만 시적 주체가 그토록 오르고 싶던 산꼭대기에 지상을 감싸던 태양의 따뜻

한 온기는 소멸되어 있되, 그 산꼭대기에는 아무것도 없는 게 아니다. "추운 하늘"이 존재한다. '차가운 허공'이 막힐 것 없는 산꼭대기의 사위를 에워싸고 있다. 분명, 보고 만질 수 없지만, '차가운 허공'이 산꼭대기에 있는 것이다. 지상의 뜨거운 욕망을 차디찬 냉기로 식히는 '차가운 허공'의 실체는 의심할 바 없이 그곳에 있다. 이 '차가운 허공'을 시인은 특유의 시적 인식과 시적 감각으로 포착한다.

돌이켜보면, 문충성 시인은 '허공'의 시적 진실을 찾아 그 길을 떠나오지 않았던가. '허공'을 찾아 많은 사람들이 길을 떠났다. 하지만 그 길을 찾기란 쉬운 일이 아니다. '허공'은 비어 있는 공간이기에, 그 실체가 없는, 무정형의 공간이기 때문이다. 어쩌면 '허공'은 특정한 지점을 점유하고 있는 공간이 아니라, 그 '허공'을 찾아 떠나는 자가 존재하는 곳이 바로 그가 애타게 찾고 있는 '허공'인지 모를 일이다. 시인은 시작(詩作) 활동을 펼친 어언 30여 년 동안 이 '허공'을 찾아 배회하고 있었던 셈이다. 하여 시인은 소중한 시적 통찰을 얻는다. '허공'은 찾을 수 있되, 찾지 못한다. 찾았다고 믿는 순간, 이내 또 다른 '허공'이 생성될 뿐. 이것이 곧 '허공'의 본연적 속성인바, 이러한 '허공'을 찾아 자유롭게 떠난다는 것 자체가 중요한 일이다.

여기서 짚고 넘어갈 게 있다. 시인의 '허공'을 향한 도정은 현실에 초탈한 삶을 살려고 하는 게 결코 아니다. 앞서 읽어보았듯이, 그는 이순을 훌쩍 넘겼음에도 불구하고 세계의 부정성을, 좋은 게 좋은 것 아니냐는 식으로 어물쩍하고 넘겨버리지 않는다. 부정한 세계에 대해 그는 여전히 부정의 시적 태도를 견지한다. 냉철한 현실 인식과 비판적 감각이 조금도 무뎌 있지 않다. 따라서 이러한 그의 시 세계를 염두에 둘 때 그의 '허공'을 향한 도정의 진정성을 제대로 이해할 수 있을 터이다.

다시 한 번 강조하건대, '허공'은 텅 비어 있다. 세상의 잡소리들을 비워낸 공간이다. 그 공간은 아무것도 없는 것처럼 보이지만, 기실 삶의 순정한 것들로 꽉 채워져 있다. 시간의 구속으로부터 자유로운 순정한 것들로 채워져 있다. 그 공간에 백색의 눈이 내린다.

목소리 가다듬으며
눈 내린다 백 년 동안
동학교도들
눈 내리는 풍경 속에
있다 나는
백 년 동안
잠자는 왕자 아니다
깨어나지 않는다
아니다, 늘 깨어 있다

아름다운 전설
몹쓸 바람에 휘말려
지상에서 사라져 가는
날
쓸쓸하다
백 년 동안
눈 내리는
풍경 속 —「백 년 동안 내리는 눈」 전문

"백 년 동안/눈 내리는 풍경 속"에 동학교도들은 침묵으로 있다. "팔도에서 뜻있는 백성 모여 목숨 바친/첫 민중 운동"(「사람이 하늘이니」)을 일으킨 동학교도들의 평등세상을 향한 함성과 절규는 역사의 뒤안길로 스러진 채 눈이 내린다. 비록 민중의 근대적 자각을 세상에 알렸던 동학교도들의 '참소리'가 '허공' 속으로 사라졌으나, 그 사라진 '허공' 가득 내리는 눈은 지난날 '허공' 속으로 울려 퍼지며 가득 메웠던 '참소리'를 연상케 한다. 이렇게 '참소리'는 영원히 소멸하지 않는다. '백 년 동안'이란 물리적 시간에 구애받지 않고, 지상과 허공 가득 메우는 순정한 눈처럼 계속하여 우리들 곁에서 '참소리'를 낼 것이다. '나'는 '참소리'를 듣기 위하여, 침묵의 형식을 빌린 그 소리를 듣기 위하여 "늘 깨어 있"을 것이다.

그런데 이러한 시들을 읽어가는 동안 이번 시집에서 언

뜻언뜻 보이는 죽음의 시적 정조를 간과할 수 없으리라. 시집의 표제작이기도 한 「백 년 동안 내리는 눈」의 행간에서도 감지할 수 있듯, 사라짐의 정조가 최근 시인의 (무)의식에 짙게 그늘을 드리우고 있다. 소멸과 스러짐, 그리고 죽음과 연루된 일련의 심상들이 시 곳곳에 흔적을 남기고 있다.

밤마다
하얗게
죽음의 집 짓고 있는 것일까 영영 꿈속에서
깨어날 수 없는 잠 평화롭게
잠들 수 있는 집 한 채
목수였을까
전생에
나는 —「전생」 부분

나 하얗게
비어
어둑어둑
눈감게 하십시오 —「저녁의 노래」 부분

당신이 주신 당신 몸에 펑크가 나기 시작했어요

때로 나도 모르게 펑크를 내는 놈들이 있어요

그러나 그 펑크 때우며 잘 살고 있어요

저승꽃 만발한 곤륜산 근처에 묻고 온 자귀나무 꽃 빛 같은 나의 꿈

당신에게 돌려드려야 될 이 몸

당신에게 세 들어 산 육십 년 셋방살이

끝내야 될 시간이여!

—「곤륜산 근처에 묻고 온 나의 꿈」 부분

글쎄, 시인이 죽음을 맞이할 채비를 하고 있다면 평자의 해석적 권리의 남용일까. 사실, 이 땅의 모든 살아 있는 것들이란 뒤집어 생각하면, 순간순간 죽어가고 있는 것이라 말해도 과언이 아닐 것이다. 영원히 살 수 있는 생명체는 존재하지 않는다. 모든 생명체는 그 시간의 짧고 길다는 차이가 있을 뿐, 한시적 삶을 살고 있는 게 아니던가. 삶을 살고 있다는 것은 삶의 시간을 지나치는 것이고, 그것은 곧 삶의 시간과 결별하는 죽음의 영역으로 옮아가는 게 아니던가. 시인은 이 지극히 평범한 순리를 자연스

러운 삶의 과정으로 받아들이고 있는 게 아닐까. 그는 조물주가 주신 육신의 한계를 다한 후에 그것을 자연에게 돌려줄 채비를 하고 있다. 그러면서 삶의 영토와 다른 죽음의 영토에서 쉴 집을 지으려 한다. 세상의 욕망으로부터 놓여난 집에서 "평화롭게/잠들 수 있는 집 한 채"를 지으려고 한다. 어쩌면 이 집 짓는 욕망이 그가 한 시인으로서, 혹은 한 자연인으로서, 혹은 한 생명체로서 남은 삶의 시간 동안 품는 소박한 욕망일지 모른다. 그렇게 지은 집의 벽에는 "이승에서 못다 잔 여윈 잠 걸어놓을" "콘크리트 못"(「철물점에서」)을 박을 것이며, 천장 너머로 "우리가 꿈꿔온/별"(「가장 낮은 목소리로」)을 볼 것이고, "깊은 명상 끝에 맛보는/시원의 빛이/천지의 신화 새롭게/펼쳐내는 시간"(「신영의 방에 누우면」)을 만끽할 것이다. 그러는 동안 그 집의 한편에 있는 거미집에는 죽음이 아주 자연스럽게 걸려올 것이다.

애 밴 무지개가 걸린다
밀잠자리
노랑나비
팔랑팔랑
하얗게 달빛이 걸린다
어두운 밤 별빛이 걸린다 파랗게
눅눅한 바람도 힘없이 걸린다

온 세상 걸려오지만 빈 거미집에, 아아
거미여!
지상의 어디쯤 헤매어 다니는가
끝없이
풀려나가는 그리움의 실꾸리
그 끝을 찾고 있는가 홀로
지은 집에서 삭이던
의혹과 반란과 허무 다 내버리고
죽음이 걸려올 때까지
한 뼘 남은 목숨
빈 세월 걸어놓고
무엇을 꿈꾸고 있는가
어디에서 —「빈 거미집에 대한 빈 단상」 전문

거미가 없는 거미집에는 지상의 온갖 것들이 걸려온다. 그것들을 남겨둔 채 거미는 그리움을 찾아 지상을 헤매고 있다. 시인의 행보는 거미와 다를 바 없다. "그리움의 실꾸리"를 찾아 시인은 길을 떠났으며, 지금도 남은 길을 떠나고 있다. 한시적 삶에서 시간의 경계를 향한 길을 떠나고 있다. 영원하고 오만방자한 삶의 길이 아니라 삶의 끝을 겸허히 받아들이는 길을 가고 있다. 시인의 성인 시절에 횡행한 '허깨비'의 억압으로부터 벗어나, 유년 시절 그토록 보고 싶어한 '도채비'를 만나는 길을 갈 채비를 하고 있다. 그것은 죽음을 자연스럽게 맞이하는 길이되, 또 다른 삶의 길을 떠나는 채비가 아닐까. "의혹과 반란의 허무 다 내버리고/죽음이 걸려올 때까지/한 뼘 남은 목숨"을 정갈히 갈무리하는 삶의 길을 채비하는 것 말이다. ▨